A QUI L'HÉRITAGE?

OPÉRETTE EN UN ACTE

PAR

Adolphe CHEVASSUS

MUSIQUE DE

Charles POURNY

FECAMP

IMPRIMERIE DE AD. CHEVASSUS
Rue Sainte-Croix, 22.

—

1873

Tous droits réservés

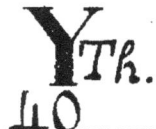

A QUI L'HÉRITAGE?

OPÉRETTE EN UN ACTE

PAR

ADOLPHE CHEVASSUS

MUSIQUE DE

Charles POURNY

FÉCAMP

IMPRIMERIE DE AD. CHEVASSUS
Rue Sainte-Croix, 22.

—

1873

PERSONNAGES :

ANDRE LÉONARDOT.
SIMONNE (Anna Grosguillaumet).
LÉONARD NICOLOT, tuteur d'Anna.
MINUTTEAU, notaire.

A QUI L'HERITAGE

La scène est en Beauce. — Chambre de maître dans une ferme. — Bahuts, meubles de bric-à-brac. — Accessoires. — Un piano. — Porte au fond, portes latérales.

SCÈNE Ire

ANDRÉ, MINUTTEAU (tenue correcte et sévère, une serviette sous le bras)

ANDRÉ

... Ainsi donc il faut que j'épouse... ?

MINUTTEAU

C'est écrit.

ANDRÉ (à part).

Sic fata voluerunt... dura lex, sed lex (haut) Autrement ?...

MINUTTEAU

Autrement pas d'héritage. Le testament de feu votre grand'oncle Simon Léonardot est formel (*d'un ton solennel*)... « A charge par mon petit-neveu, André-Timoléon Léonardot, étudiant en droit de troisième année à Paris, 1° d'épouser, dans le mois qui suivra mon décès, de-

moiselle Anna Grosguillaumet, fille unique de
défunts époux Pantaléon Grosguillaumet, éleveur de bestiaux à Prédoux-en-Morvan, et Ju-
liette Destruries, ma petite-nièce; 2° de présider
aux travaux de la moisson... »

ANDRÉ

Singulier testament! Et vous ne pensez pas
qu'on pourrait...

MINUTTEAU

Difficile, Monsieur, difficile. Feu Simon Léonardot avait conservé toute sa lucidité... Ecou-
tez le codicile : « A défaut par mon petit-neveu,
André Léonardot, d'accomplir ces conditions,
tous mes biens demeureront acquis à ma petite-
nièce sus-nommée... »

ANDRÉ

Mais c'est un vrai testament de Damoclès ;
car enfin si j'accepte, c'est une tuile...

MINUTTEAU

Une tuile ?

ANDRÉ

Pardon, une femme qui, suspendue au fil de
la clause testamentaire, me tombe en plein sur
la nuque... et quand on s'est juré de ne pas se
marier ou de se marier le plus tard possible,
vous concevez, monsieur le tabellion...

MINUTTEAU (reprenant)

Notaire.

ANDRÉ

Monsieur le notaire... ça jette un froid... Je dirai plus, la pilule est dure à avaler.

MINUTTEAU

Vous êtes difficile... cent mille francs en bons biens au soleil vous dorent joliment une pilule, à supposer...

ANDRÉ

Minute ...

MINUTTEAU (reprenant)

Minutteau.

ANDRÉ

Je veux dire : un instant ! La connaissez-vous cette cousine à la mode de Caen qu'il a plu à feu mon grand-oncle de m'imposer ?

MINUTTEAU

Nullement. Mais il est à croire qu'elle se fera connaître ; je l'ai informée par lettre des dispositions de feu Simon Léonardot, et sans doute que...

ANDRÉ

De plus en plus singulier ! Jamais, au grand jamais, je n'ai entendu parler à mon grand-oncle de cette descendante par les femmes de la souche des Léonardot. La fille d'un éleveur, comme ça doit être élevé !... Comme si le cher défunt n'aurait pas pu mettre une autre condition à sa libéralité. Présider aux moissons, passe encore, d'autant qu'il m'est arrivé déjà de voir comment ça se pratique... mais du *conjungo* avec une grosse paysanne du Morvan, c'est roide.

MINUTTEAU

Réfléchissez : je reviendrai tout à l'heure; il importe que je sache à quel parti vous vous arrêtez... mon étude me réclame, les affaires donnent, c'est effrayant.

ANDRÉ

Et les honoraires aussi, sans doute ?

MINUTTEAU

Heu ! heu ! notaire de campagne, voyez-vous, c'est dur... on est toujours par monts et par vaux... Mais j'espère bientôt me retirer des affaires... A bientôt, monsieur l'héritier... A qui l'héritage ? voilà la question qu'il faut trancher.

ANDRE

On la tranchera... Au revoir, maître Minutteau.

(Minutteau sort.)

—:—

SCÈNE II

ANDRÉ (seul)

Comme c'est grave un notaire qui va se retirer... Je ne serai jamais grâve comme ça...

Cent mille francs d'immeubles en Beauce...
cette ferme et ses dépendances... avec ça on
pourrait se retirer aussi... oui, mais, il y a la
femme... cette Anna, que je ne connais ni d'A-
dam ni d'Eve... Et d'abord, est-il bien sûr qu'elle
existe ? Si elle n'existait pas, par hazard... ce
serait tout profit... O ciel du Morvan, sois-moi
propice!... Mais elle existe, c'est sûr, feu l'oncle
Simon, que je négligeais un peu, je le confesse,
n'aurait pas voulu me léguer un fardeau imagi-
naire : aussi, comme il a eu soin d'écrire... *A
charge d'épouser*... Je vois ça d'ici : une grosse
paysanne à mains rouges, taillée à coup de
serpe... Oh! Rigolette, Amanda, Paméla, dées-
ses du quartier latin, quel contraste! (*s'interpel-
lant*) Voyons, couperas-tu tes ailes ? éteindras-
tu les feux ? seras-tu fermier, en un mot ?

Être fermier, le bel état!
Quand on pourrait être avocat ;
Ma thèse ainsi, d'une enjambée,
Irait du cours à la gerbée...
Cent mille francs, c'est un denier
Quand on n'a plus d'œufs au panier ;
Mais épouser quelque vachère,
Ma foi, la clause est par trop chère :
Non, j'n'épouserai pas la vachère.

Non je... je me suis vraiment trop hâté de
mander un régisseur pour la ferme et des ouvriers pour la moisson... Avec ça que c'est
amusant d'habiter une ferme... de vieux bahuts,
de vieilles tentures, des mines de notaire ren-
frognées. Il est fort heureux encore que
j'aie fait venir ce piano d'Orléans afin de

conjurer l'ennui (*il baille*) je vais me chanter une romance. (*il s'assied au piano et prélude*) ... Quelqu'un?

—:—

SCÈNE III

ANDRÉ, SIMONNE, LÉONARD (en paysans normands, parapluies rouges à la main).

SIMONNE (saluant)

M'sieu, j'ons l'honneur...

LÉONARD (de même)

M'sieu, j'somm' vot' serviteur.

ANDRÉ (à part)

Que le diable les emporte! (*haut, et brusquement*) Salut, bonnes gens. Eh bien! qui a t-il?

SIMONNE (bas à Léonard)

Y n'est point trop mal.

LEONARD (bas à Simonne)

Mais point trop caressant... après ça...

SIMONNE (à André)

J'arrivons tout dret de Normandie.

LÉONARD (de même)

D'un p'tit pays près d'Pont d'l'Arche.

SIMONNE

Arrondissement de Louviers...

LÉONARD

Département d'l'Eure.

ANDRE

Au fait, voyons! Qu'est-ce que ça me fait à moi tout cela? (à part) Ces paysans sont d'un lourd... (observant Simonne) c'est fille du commun, mais ça vous à des yeux et c'est étoffé...

LÉONARD

Oui, au fait, v'là que j'y venons. J'ons pris l'chemin de far jusqu'à la dernière estation, et de là j'somm' venus ici par les pataches, moi, Léonard Nicolot, et la Simonne que v'la.

SIMONNE (à André, qui s'impatiente)

J'avons su par not' parent Grosmathurin qu'habite en Beauce, que l'héritier à feu M Léonardot... c'est vous, ben sûr... (signe affirmatif d'André) a demandait des ouvriers pour moissonner...

LEONARD

Et un régisseux pour la farme.

SIMONNE

Et nous v'là.

LÉONARD

Si ça vous va.

ANDRÉ

Fallait donc le dire tout de suite (à part) puisque le vin est tiré il faut le boire (haut à Léonard) vous vous entendez à régir une ferme?

LEONARD

C'te question ! J'n'ons fait que ça toute not' vie. J'ons d'ailleurs là (*il se tâte*) des certificats...

ANDRÉ

Inutile, vous avez l'air d'un bonhomme (*à part*) a t-il une assez bonne boule, hein ? (*haut*) Et je vous installe dans vos fonctions dès à présent. Voyez d'abord à embaucher un nombre suffisant d'ouvriers pour aujourd'hui... c'est la chose urgente. Entendez-vous avec Pierre, mon domestique, qui vous fera servir ce qu'il faut pour vous rafraîchir, ainsi qu'à Mlle Simonne... Quand aux conditions...

SIMONNE

Oh ! j'somm' pas ben exigeants.

LEONARD

J'étranglons pas not' monde.

ANDRÉ

Nous arrangerons ça ce soir, allez !

(Léonard sort):

SCÈNE IV

ANDRÉ, SIMONNE.

ANDRE

Et maintenant, à nous deux (*à part*). Comme ça vous est plantureux ces filles normandes...

c'est solide, rebondi et, par ma foi, assez bien
pris de taille.

SIMONNE (a part),

Qué qu'il a donc à me r'luquer comm' ça?...
on dirait que j'lui déplaisons point.

ANDRE

Nous disons donc, la belle, que nous venons
faire la moisson ?

SIMONNE

Na foi, oui m'sieu, si j'pouvons vous aller.

ANDRÉ

Mais sans doute tu me vas... pardon... vous
m'allez... que savez-vous faire encore ?

SIMONNE

M'sieu, j'savons tout faire : je savons trair'
les vaches, mener les bêtes au pré, fair' le ménage, sans compter qu'on n'est pas embarrassée
pour faire un brin d'cuisine.

ANDRÉ

Ah! on est aussi cuisinière... (*à part*) Juste-
ment, je n'ai pas de bonne... je pourrai me l'at-
tacher en qualité de cordon-bleu... on verra à
utiliser ses talents divers... Dame ! à la campagne les distractions sont si rares.

SIMONNE, (à part)

Y n'y cesse point de me r'luquer.

ANDRÉ (lui prenant la taille)

Vraiment nous pourrons nous entendre,
Vite un baiser laissez-moi prendre. .

SIMONNE (se dégageant)

Un baiser, non, c'est un péché :
Fille honnête doit s'en défendre...

ANDRÉ (insistant)

C'est toujours un baiser bien tendre
Qui doit sceller certain marché
                    (il l'embrasse).

SIMONNE (piquée)

Finissons ces manières-là :
De nous j'n'aimons point qu'on s'gausse,
Oui, finissons, c'est point pour ça
Que j'somm' venu' dans la Beauce.

ENSEMBLE

ANDRÉ

Elle est charmante,
Appétissante,
Et dans mon cœur je sens un doux émoi.
Sa voix touchante
Me plaît, m'enchante,
Et de plaisir je suis ravi, ma foi!

SIMONNE

Y m'trouve charmante,
Mais j'somm' prudente,
Et de not' temps j'avons meillenr emploi;
Qu'on ri', qu'on chante,
Ça va, je plaisante :
Mais qu'on m'embrass' nenni, nenni, ma foi!

ANDRÉ

Eh ! quoi, se fâcher pour si peu ?

SIMONNE

Oui, m'sieu, j'nous fâchons; ah! c'est que
j'nons point c't'habitude cheux nous, allais !
Et d'ailleurs, comme vous n'pouvez point être
m'n'épouseux, bernique !

ANDRE (à part)

Ah pour ça non, d'abord ça ne ferait point l'affaire du testament, partant mon affaire, et puis.. si encore la cousine du Morvan était tournée comme ça.. le langage peut se changer, c'est affaire de temps. .

SIMONNE

M'sieu j'vas m'en retonrner cheux nous, je vois ben que vous êtes un enjoleux de filles..

ANDRE

Non pas, non pas, belle Simonne, il faut rester... je ne vous embrasserai plus (*à part*) aujourd'hui... cette petite me pique au jeu...

SIMONNE

Eh ben ! j'restons à c'te condition.

ANDRE

Ainsi donc en Normandie les filles n'embrassent que leurs épouseux ?

SIMONNE

Et rarement avant la noce encore!.. on a des mœurs en Normandie... c'est pas comme à Paris.. à ce qu'on dit.

ANDRE

Vraiment ? Et bien ! contez-moi ça pour voir !

SIMONNE

J'vas vous y dire en chanson, si vous voulez

ANDRE

Va pour la chanson.

SIMONNE (chantant)

Dans la vieille Normandie
On n'a pas de ces façons ;
Les filles et les garçons
Ne vont point, à l'étourdie,
Roder autour des buissons...
En plein jour, sur la grand' route,
On peut voir les amoureux ;
Mais on fuit les chemins creux
Où le soir on ne voit goutte.

Toujours sous l'œil des mamans
Sort filles et gars normands.

ANDRÉ (à part)

Eh ! mais c'est une garantie.

SIMONNE

Une tape sur l'épaule
Ça n'a rien de dangereux ;
Un coup de poing vigoureux,
Souvent même un coup de gaule :
Tout ça c'est jeux d'amoureux.
La scène aux vieux semble douce,
Autres temps, autres joûteurs ;
La sève emplit jeunes cœurs,
Quand aux pommiers la fleur pousse.

Et toujours sous l'œil des mamans
On voit filles et gars normands.
(Elle donne une poussée à André.)

ANDRE (à part)

Diable ! mais c'est qu'elle a du biceps, la nor-
mande ! elle est familière, mais elle est drôle !
(haut) Mes compliments, la belle, vous chantez
à ravir.

SIMONNE

M'sieu, vous êtes ben bon... on fait ce qu'on peut.

ANDRÉ (à part)

C'est étrange... une fille comme ça, ça n'est pas une moissonneuse vulgaire... Décidément je me l'attache.

—:—

SCÈNE V

LES MÊMES, LÉONARD.

LÉONARD

Je venons dire à not' maître que j'ons trouvé ce qu'il faut : des filles découplées et de solid' gars ; avec vot' permission, je vas conduire tout ce monde aux champs, et si Mlle Simonne...

ANDRÉ

C'est fort bien, mais...

SIMONNE (à Léonard)

Je vous suivons, la chose est sûre,
J'ons du cœur à moissonner...

ANDRE (à Simonne)

Mais avant il faut dîner....

SIMONNE.

J'ons point faim, je vous assure.

LEONARD

Vite aux champs, les joyeux drilles,
Mettons la veste au buisson.

SIMONNE

C'est le moment des faucilles,
Fillettes, à la moisson !

ENSEMBLE

Ça, les brunes moissonneuses,
Ça, les hardis moissonneurs,
Partez, par troupes joyeuses,
Et laissez glane aux glaneurs.
Le soleil darde en la plaine,
Les vents se sont assoupis
Et zéphir, de son haleine,
Caresse les blonds épis.

C'est le moment des faucilles,
Par essaims, par bataillons,
Voici que garçons et filles
Couchent la gerbe aux sillons.

Quand le gai soleil sur l'immense plaine
Epand ses rayons d'or étincelants,
Par les champs d'épis s'en vont, gourde pleine,
Les bras enlacés, filles et galants.

ANDRÉ

Bravo ! mes gens ! J'aime la gaité ... même
quand elle vient de Normandie, le pays du
pichet et des filles sages. (à *Léonard*) Vous,
veillez aux moissons, je vous y rejoins ; le temps
de changer de vêtement. (à *part*) Puisque je
dois présider... (à *Simonne*) Et vous, belle Simonne, préparez-nous le repas du soir... pour
aujourd'hui vous serez ma cuisinière.

SIMONNE et LEONARD.

Entendu, M'sieu.

(Ils sortent)

SCÈNE VI

ANDRÉ (seul)

Dans quelques heures j'aurai rempli une
condition du testament... restera l'autre... la
plus importante et la plus grave, puisqu'il
s'agit d'une rupture de célibat... Vais-je où
non me marier ? Tout ça dépendra de l'effet
que va me produire cette fatidique Anna, dont
j'attends la venue d'un jour à l'autre... Entrer
comme ça de plein pied dans un *conjungo* aussi
peu prévu que peu désiré, vrai, ça me donne le
trac... J'y touche peut-être à cette heure so-
lennelle où doit s'ouvrir pour moi, amant pas-
sionné de l'indépendance et de la liberté, la
vie monotone et bourgeoise, la vie de ménage
avec son effrayante indissolubilité. Pourvu, du
moins. que la moitié que me tenait en réserve
une Providence avunculaire me soit sympa-
thique et m'agrée... à moins qu'un refus de sa
part... mais pareille supposition n'est guère
admissible. Cent mille francs dans la main
d'un futur (*se rengorgeant*) qui n'est point
trop mal d'ailleurs... Eh bien ! vous me croi-
rez si vous voulez, mais malgré cet hymen possible, peut-être imminent, cette petite Simonne
me trotte dans la cervelle... c'est bête... une
paysanne ! mais c'est ainsi... Voyons un peu
de près la vie rurale.

(Il sort)

SCÈNE VII

ANNA, *puis* ANDRÉ.

ANNA

Enfin, la paysanne Simonne est redevenue mademoiselle Anna Grosguillaumet... Ce costume, ce langage d'emprunt... j'ai peut-être eu tort d'écouter le singulier conseil de mon tuteur Léonard... Quelle idée originale! se travestir ainsi en paysans normands pour surprendre mon futur et l'étudier plus à mon aise! C'est bien un peu de perfidie. Et puis était-ce bien nécessaire d'agir ainsi, puisque, bien que petits cousins, nous étions inconnus l'un à l'autre? Enfin, c'est fait... pourvu qu'il prenne bien l'espièglerie! Je serais au désespoir qu'il en fût autrement, car l'épreuve à laquelle mon tuteur et moi l'avons soumis à son insu lui a été de tous points favorable... Je l'aimerai... je crois même que je l'aime déjà... Que faire en attendant son retour? (*avisant le piano*) Ah! un piano (*s'asseyant devant l'instrument*) je vais chanter ma plainte... du moins, il ne le saura pas...

ANDRE, (qui est entré costumé en bourgeois campagnard, et sans remarquer Anna).

Me voilà costumé *ad hoc* et noùs allons sus aux moissons (*voyant une femme au piano*) Qu'elle est cette personne? (*se penchant pour voir*) Ma paysanne de tout-à-l'heure... Est-il

Dieu possible ! (*il se prend à écouter Anna, qui chante en s'accompagnant*)

> C'est le cœur gros, l'âme pleine
> De pensers tristes et doux,
> Que j'ai quitté pour la plaine
> Mes chers coteaux de Prédoux...

ANDRE (à part).

De Prédoux !

> J'étais émue et tremblante
> Quand, au terme de mes pas,
> Une voix bien consolante
> Me dit : Voyez c'est là-bas ;
> André ne le saura pas.

(Mouvement d'André).

> Pourquoi ? je ne saurais dire
> Mais, longtemps à s'apaiser,
> Battit mon cœur en délire
> Quand il me prit un baiser...
> Mon Dieu, ma peine est extrême,
> Le cœur jamais ne trompa ;
> Et je sens bien que je l'aime,
> Mais je le dirai si bas
> Qu'André ne le saura pas.

(André, à la fin du second couplet, tombe aux genoux d'Anna).

—:—

SCÈNE VIII

ANNA, ANDRÉ.

ANDRE

André sait tout.

ANNA (surprise et se levant, d'un air confus).

Eh ! quoi, monsieur, vous étiez là !

ANDRE (se relevant).

Oui, je vous écoutais avec mon âme et vous
admirais avec mon cœur... je vous aime.

ANNA.

Il se pourrait (*à part*) merci mon Dieu !
(*haut*) En ce qui me concerne, l'aveu n'est plus
à faire. Ainsi, vous me pardonnez le strata-
gème inventé par mon tuteur ?

ANDRÉ

Quoi ? ce régisseur...

ANNA

Un brave ancien soldat, un ami de feu mon
père et qui m'aime comme il aimerait sa propre
fille. Aussi, dès qu'il a eu connaissance de la
lettre de M. Minutteau (*avec émotion et la lui
donnant*) le notaire de notre pauvre grand
oncle : « Partons m'a t'il dit, c'est peut-être du
bonheur qui vous arrive, et si vous voulez sui-
vre un conseil d'ami, je verrai ça de suite. »
Vous savez le reste.

ANDRÉ

Loin de vous en vouloir, ma charmante cousine, je vous nomme aujourd'hui ma femme.

ANNA (ravie)

Sa femme.

(Entrée de Léonard)

SCÈNE IX

Les Mêmes, LÉONARD (tenue de bourgeois, décoré)

LEONARD

A la bonne heure, parlez moi de ça... l'amour fait du chemin ici, pendant qu'on moissonne là-bas ; ça promet double récolte, oui-dà ! Quand je vous dis que les normands n'ont pas leurs pareils, si ce n'est...

ANDRÉ (lui tendant la main)

Les gens du Morvan. Ah! farceur de régisseur.

———

SCÈNE X

Les Mêmes, MINUTTEAU (par la porte entrebaillée, sa serviette sous le bras).

MINUTTEAU

A qui l'héritage ?

ANDRÉ (montrant Anna).

L'héritage est à nous deux.

MINUTTEAU (saluant)

Mademoiselle Anna Grosguillaumet, sans doute ?

ANDRÉ

Et bientôt madame Léonardot.

ANDRÉ, ANNA.

Ensemble.

Dans la vieille Normandie
Quand deux cœurs, bien vite épris,
Un beau jour se sont compris :
Voilà comme on se marie.
Sonnez cloches et clochettes.
Tintez, carillons joyeux,
Pour le bal des épouseux
Jouez, fifres et musettes.

Et toujours sous l'œil des amans
On voit filles et gars normands

FIN

www.ingramcontent.com/pod-product-compliance
Lightning Source LLC
Chambersburg PA
CBHW061734180626
46818CB00006B/2607